기획의 말

그리운 마음일 때 'I Miss You'라고 하는 것은 '내게서 당신이 빠져 있기(miss) 때문에 나는 충분한 존재가 될 수 없다'는 뜻이라는 게 소설가 쓰시마 유코의 아름다운 해석이다. 현재의 세계에는 틀림없이 결여가 있어서 우리는 언제나 무언가를 그리워한다. 한때 우리를 벅차게 했으나 이제는 읽을 수 없게 된 옛날의 시집을 되살리는 작업 또한 그 그리움의 일이다. 어떤 시집이 빠져 있는 한, 우리의 시는 충분해질 수 없다.

더 나아가 옛 시집을 복간하는 일은 한국 시문학사의 역동성이 드러나는 장을 여는 일이 될 수도 있다. 하나의 새로운 예술작품이 창조될 때 일어나는 일은 과거에 있었던 모든 예술작품에도 동시에 일어난다는 것이 시인 엘리엇의 오래된 말이다. 과거가 이룩해놓은 질서는 현재의 성취에 영향받아 다시 배치된다는 것이다. 우리는 현재의 빛에 의지해 어떤 과거를 선택할 것인가. 그렇게 시사(詩史)는 되돌아보며 전진한다.

이 일들을 문학동네는 이미 한 적이 있다. 1996년 11월 황동규, 마종기, 강은교의 청년기 시집들을 복간하며 '포에지 2000' 시리즈가 시작됐다. "생이 덧없고 힘겨울 때 이따금 가슴으로 암송했던 시들, 이미 절판되어 오래된 명성으로만 만날 수 있었던 시들, 동시대를 대표하는 시인들의 젊은 날의 아름다운 연가(戀歌)가 여기 되살아납니다." 당시로서는 드물고 귀했던 그 일을 우리는 이제 다시 시작해보려 한다.

기획의 말

그리운 마음일 때 'I Miss You'라고 하는 것은 '내게서 당신이 빠져 있기(miss) 때문에 나는 충분한 존재가 될 수 없다'는 뜻이라는 게 소설가 쓰시마 유코의 아름다운 해석이다. 현재의 세계에는 틀림없이 결여가 있어서 우리는 언제나 무언가를 그리워한다. 한때 우리를 벅차게 했으나 이제는 읽을 수 없게 된 옛날의 시집을 되살리는 작업 또한 그 그리움의 일이다. 어떤 시집이 빠져 있는 한, 우리의 시는 충분해질 수 없다.

더 나아가 옛 시집을 복간하는 일은 한국 시문학사의 역동성이 드러나는 장을 여는 일이 될 수도 있다. 하나의 새로운 예술작품이 창조될 때 일어나는 일은 과거에 있었던 모든 예술작품에도 동시에 일어난다는 것이 시인 엘리엇의 오래된 말이다. 과거가 이룩해놓은 질서는 현재의 성취에 영향받아 다시 배치된다는 것이다. 우리는 현재의 빛에 의지해 어떤 과거를 선택할 것인가. 그렇게 시사(詩史)는 되돌아보며 전진한다.

이 일들을 문학동네는 이미 한 적이 있다. 1996년 11월 황동규, 마종기, 강은교의 청년기 시집들을 복간하며 '포에지 2000' 시리즈가 시작됐다. "생이 덧없고 힘겨울 때 이따금 가슴으로 암송했던 시들, 이미 절판되어 오래된 명성으로만 만날 수 있었던 시들, 동시대를 대표하는 시인들의 젊은 날의 아름다운 연가(戀歌)가 여기 되살아납니다." 당시로서는 드물고 귀했던 그 일을 우리는 이제 다시 시작해보려 한다.

나의 사랑은 나비처럼 가벼웠다

문학동네포에지 054

유하 시집

나의
사랑은
나비처럼
가벼웠다

시인의 말

너를 마지막으로 내 청춘은 끝이 났다 말하는 순간, 지상 첫 붉은 열망의 파도가 다시 밀려온다네, 라고 쓴 적이 있다. 글쎄, 지금의 내게도 그 말은 여전히 유효할 것이다. 내 곁엔 늘 희망이 있었고, 나는 그 희망의 낡지 않은 처음을 노래하며 젊은 날을 통과해왔다. ……아무쪼록 세상을 사랑하는 마음의 가장 여린 속살이 내 안에 오래도록 머물렀으면 좋겠다.

한동안 시를 쓰지 못했었다. 한 3년 시의 아득한 후방을 맴돌았다고나 할까. 그러다 어느 날 문득 시의 초심(初心)을 만났다. 그 만남이 어떻게 이루어졌는지는 잘 모르겠지만, 아무튼 처음 서툴게 시작하는 자의 심정을 다시 갖게 된 것이 나는 기쁘다.

1999년 2월
유하

개정판 시인의 말

오랫동안 시를 떠나 있었다. 돌아가고 싶지만, 떠나온 길이 아득하긴 하다. 세기말의 끝에서 출간했던 시집을 다시 펴낸다. 덕분에 오래전 연락이 끊겼던 내 안의 시인과 재회할 수 있었다. 돌이켜보면, 내가 시인의 나라 백성으로 가장 충실하게 살아갈 때 이 시집을 썼던 것 같다. 짧은 시간이었지만, 그 백성의 충실함을 다시 만날 수 있어서 반갑고 서글펐다.

긴 세월, 한편에 놓아두었던 기타를 튜닝하듯 여기의 여러 시편들을 다시 만지고 손질해본다. 조금이나마 시의 울림통이 되살아났으면 하는 바람이다.

재출간의 기회를 마련해준 문학동네에 감사의 마음을 전한다.

2022년 9월
유하

차례

학교에서 배운 것

인생의 일할을
나는 학교에서 배웠지
아마 그랬을 거야
매맞고 침묵하는 법과
시기와 질투를 키우는 법
그리고 타인과 나를 끊임없이 비교하는 법과
경멸하는 자를
짐짓 존경하는 법
그중에서도 내가 살아가는 데
가장 도움을 준 것은
그런 많은 법들 앞에 내 상상력을
최대한 굴복시키는 법

느린 달팽이의 사랑

달팽이 기어간다
지나는 새가 전해준
저 숲 너머 그리움을 향해
어디쯤 왔을까, 달팽이 기어간다

달팽이 몸 크기만한
달팽이의 집
달팽이가 자기만의 방 하나 갖고 있는 건
평생을 가도
먼 곳의 사랑에 당도하지 못하리라는 걸
그가 잘 알기 때문

느린 열정
느린 사랑,
달팽이가 자기 몸 크기만한
방 하나 갖고 있는 건
평생을 가도, 멀고먼 사랑에 당도하지 못하는
달팽이의 고독을 그가 잘 알기 때문

나무

잎새는 뿌리의 어둠을 벗어나려 하고
뿌리는 잎새의 태양을 벗어나려 한다
나무는 나무를 벗어나려는 힘으로
비로소 한 그루
아름드리나무가 된다

길 위에서 말하다

길 위에 서서 생각한다
무수한 길을 달리며, 한때
길에게서 많은 지혜와 깨달음을 얻었다고 믿었다
그 믿음을 찬미하며 여기까지 왔다
그러나, 온갖 엔진들이 내지르는 포효와
단단한 포도(鋪道) 같은 절망의 중심에 서서
나는 묻는다
나는 길에게 진정 무엇을 배웠는가
길이 가르쳐준 진리와 법들은
왜 내 노래를 가두려 드는가

길은 질주하는 바퀴들에 오랫동안 단련되었다
바퀴는 길을 만들고
바퀴의 방법과 사고로 길을 길들였다

상상력이여,
꿈이여
희망이여
길들여진 길을 따라 어디로 가고 있는가

나는 보이는 모든 길을 의심한다
길만이 길이 아니다
꽃은 향기로 나비의 길을 만들고
계절은 바람과 태양과 눈보라로

철새의 길을 만든다
진리와 법이 존재하지 않는 그 어떤 길을

도시와 국가로 향하는 이성의 고속도로여
나는 길에서 얻은 깨달음을 버릴 것이다
나를 이끌었던 상상력의 바퀴들아
멈추어라
그리고 보이는 모든 길에서 이륙하라

코끼리가 지나간다

코끼리떼가 지나간다
코끼리가 평원 위를 느리게 걸어간다
코끼리는 스피드를 숭배하지 않는다
게으름 때문이 아니다
빠르게 움직이는 자들이 스치고 간 그 모든 것들에게
코끼리의 눈은 생명의 잎사귀를 달아준다
산책가의 임무이다
쓸데없이 부지런한 욕망들이
코끼리의 영토를 망쳐놓았다
느림의 종착역, 상아 무덤은 그걸 알고 있다

코끼리떼가 지나간다
들어보라, 나지막이 울리는
대평원의 심장박동 소리를
대지는 코끼리의 발걸음을 느리게 음미한다
코끼리는 이 드넓은 대지에게
코끼리에 대해 사색할 시간을 충분히 주었다
촐싹거리며 달려가버린 영혼들을
이 대지는 영원히 기억하지 못한다
길과, 길 위를 지나는 자의 사색이란 결국
서로를 깊이 기억해주는 것 아닌가

코끼리떼가 지나간다
지혜의 상아 무덤까지는 아직도 먼길이 남았다

부지런히 어디론가 달려가는 욕망이여,
그대가 본 것은 진정 무엇인가?
오늘도 코끼리들은 긴 코를 구부려
이 세상에 거대한 물음표를 던진다

삼킬 수 없는 노래

시클리드라는 이름의 물고기는
갓 부화한 새끼들을 제 입속에 넣어 기른다
마우스 브리딩,
새끼들의 안전한 보금자리로
어미는 자신의 입을 택한 것이다
어린 자식들을 미소처럼 머금은
시클리드 물고기

사람들아, 응시하라
삼킬 수 없는 그 무엇인가를
머금고 있는 이들의 모습은
얼마나 아름다운가

눈물을 머금은 눈동자
이슬을 머금은 풀잎
봄비를 머금은 나무

그리고
끝내 삼킬 수 없는 노래의 목젖,
나도 한세상
그곳에 살다 가리라

노래의 힘

새들은 절박하게 소리를 지른다
자기 동료들에게 위험을 알리기 위해
때론 침입자들을 쫓기 위해
하지만 사람들은 그걸 노래라 부르지
이슬방울처럼 구르는 꾀꼬리의 노래
그 마법의 목청이 없었다면
새들의 운명은 어떻게 됐을까
숲의 침입자들이
새가 내지르는 경계음을 노래로 들으며
넋을 놓는 동안
새들은 둥지를 짓고
제 짝과 사랑을 나누며
새다운 생을 즐길 충분한 시간을 벌었던 거야

꽃피는 소리를 들어라

꽃피는 소리를 들어보라
만발한 장미, 그 붉은 입술의 아리아에
귀가 먹먹하지 않은가
온갖 열매가 익어가는 소리를 들어보라
앵두와 머루알의 음표들이
아침 숲이 펼쳐놓은 나무 오선지를 따라 흘러간다
이 정적의 노래를 들으며
생의 전부를 보낼 수 있다면,
머루알 익는 소리에 내 마음 벌써 머루주 출렁인다
산새야 노루야, 와서 마시고 취하라

어느 날 나의 사막으로 그대가 오면

어느 날 내가 사는 사막으로
그대가 오리라
바람도 찾지 못하는 그곳으로
안개비처럼 그대가 오리라
어느 날 내가 사는 사막으로 그대가 오면
모래알들은 밀알로 변하리라
그러면 그 밀알로, 나 그대를 위해 빵을 구우리
그대 손길 닿는 곳엔
등불처럼 꽃이 피어나고
선인장의 수액은 푸른 비가 되어 사막을 적시고
가난한 우리는 지평선과 하늘이 한몸인 땅에서
다만 별빛에 배부르리

어느 날 내가 사는 사막으로
빗방울처럼 그대가 오리라
그러면 전갈들은 꿀을 모으고
낙타의 등은 풀잎 가득한 언덕이 되고
햇빛 아래 모래알들은 빵으로 부풀고
독수리의 부리는 썩은 고기 대신
꽃가루를 탐하리
가난한 내가 보여줄 수 있는 세상이란 오직 이것뿐
어느 날 나의 사막으로 그대가 오면
지평선과 하늘이 입맞춤하는 곳에서
나 그대를 맞으리라

돌고래의 선택

우리가 우리 기관의 능력을 보완하기 위해
도구를 만들어내는 데 그토록 열을 올렸던 것은,
우리 환경이 우리에게
그다지 적합하지 않았다는 것을 반증하는 일일 수 있다.
—베르나르 베르베르

한때 인간들과 함께 지상을 거닐며
새끼를 낳고 젖을 먹이던 돌고래들,
어느 날 그들은 육지에서의 삶을 그냥 놔둔 채
다시 바다로 되돌아갔다

언젠가 하늘을 날아가는 물떼새를 바라보다
땅을 딛고 있는 내 두 발이 슬퍼진 적이 있다
날지 못하는 포유류의 슬픔에게
물어보라, 돌고래들의 선택은 최선이었다
그들은 날개 없이 날 수 있는 세상으로 가기 위하여
돌 같은 단호함으로 이 땅을 버린 것이다

바다에는 돌고래들의 푸른 언어가 있다
돌고래들은 미세한 물결의 파장을 일으켜
편지를 쓴다, 바다의 정어리떼만큼
풍부한 뉘앙스의 물결 언어를 갖기 위해
돌고래 시인은 바다로 갔다

날개 없이 날 수 있는 세상과
펜의 언어 밖에서 쓰이는 시,
나는 오늘도 일용할 양식을 구하기 위해
슈퍼마켓에 간다
그곳엔 죽은 정어리떼의 통조림들이 진열돼 있다
돌고래는 그 서글서글한 눈으로 내게 속삭인다
도구를 가진 자들의 무덤이 그 안에 있다고

조련사는 언제나 자기 손의 높이만큼 뛰어오르는
돌고래의 묘기를 보며 흡족한 미소를 짓는다
그러나 그건 얼마나 가소로운 일인가
돌고래는 이미 수만 년 전에
집과 옷과 먹이와 상상력의 슈퍼마켓인
바다의 행복에 대해 깊이 사색했던 것이다

사랑의 파도

—시오노 나나미의 『주홍빛 베네치아』를 읽다가

저 바다를 항해하는 뱃사람들에겐
뱃사람의 발이 있다네
거센 폭풍우가 몰아쳐도
출렁이는 배 위를 땅처럼 사뿐히 걸을 수 있는
뱃사람의 발이 있다네

사랑하는 사람들에겐
사랑하는 사람의 발이 있다네
햇빛 가득한 땅 위에서도
쉽게 넘어지고 미끄러지는
사랑하는 사람의 발이 있다네

느낌

나 그대를 느끼네
한순간 햇살에 찔려.
그대,
내 몸이 아니기에
이 아픈 매혹이여.

나 그대를 느끼네
입안에 맴도는 휘파람처럼.
그대,
소멸하지 않는 흥얼거림이여.

나 그대를 느끼네
한순간 물살에 두 무릎 꺾이듯.
그대,
흘러가도 흘러가도
마침내 그대로인
강물의 움직임이여.

산토리니의 여인

그리스 작은 섬 산토리니에 갔었지
꿈속에서 본 듯한 적갈색 낭떠러지 위로
에게해 푸른 하늘과 청포도 천국이 펼쳐져 있었지
섬 가장 높은 언덕엔 하얀 집들과 교회,
종소리가 노을처럼 번져갈 무렵
나는 노새를 타고 몇 채의 보석 상점들을 지나
허름한 레코드 가게에 들렀어
실내는 심연에 잠긴 듯 아득한 물빛이었고
헬레나라는 검은 눈의 여인이 나를 맞았지
사방이 천길 절벽인 고도에도 음악이 있었다니
가지런히 꽂혀 있는 음악들 사이를 안개처럼 스며들던
그녀의 손은 문득 낡은 레코드 한 장을 꺼내들었어
이 땅 깊고 깊은 곳엔 아틀란티스가 묻혀 있지요
그 사라진 대륙의 노래를 들려드리죠
바닷물의 소용돌이처럼 은빛 레코드가 돌아가고
흡사 인어의 노래와도 같은
신비로운 선율이 흘러나왔어
묻혀버린 대륙의 꽃시절을 담은 그 선율은
내 발을 타고 올라와 온몸에 퍼져가기 시작했지
순간 나는 느꼈어,
내 육체의 지저 깊은 곳에 묻혀 있는 심령의 대륙이
아주 오랜 잠에서 천천히 깨어나는 것을,
나는 얼마나 많은 영혼의 지층을 지나 내 몸까지 왔을까
그날 난 포도주의 여신이 데려온 사라진 대륙의 취객

들 틈에서
수만 개 청포도알들의 파열음을 들으며
헬레나와 밤새도록 사랑을 나누었지
아침 종소리에 눈을 떴을 때,
나는 페리사 해변에 누워 있었고
내 몸의 천길 지층을 뚫고 솟아올랐던 심령의 대륙은
온데간데없었어, 물론 그 코발트빛 레코드 가게도
검은 눈의 헬레나도 찾을 수 없었지
난 지금도, 지나는 배를 유혹하는 인어의 노래를 듣곤 해
그때마다 내 육신의 지저 깊은 곳에 잠든 심령의 대륙이,
잊혀진 꽃시절의 볼케이노가 나직한 떨림을 전해오지
산토리니 산토리니, 참 멋진 일 같지 않아?

먼 훗날의 너에게

한때 너에게 이런 말을 해주고 싶었다
바다 어느 곳에도
미지의 새는 없다고
제비갈매기 가마우지 바다직박구리 꼬마물떼새…
바다 그 어느 곳에도, 미지의 새는 없다고

너는 서툰 입술로, 이 세상
삶의 이름들을 하나둘 발음하려 한다
네 눈앞에 무지개가 떴구나
한 아이의 마음이 경이로움을 더듬더듬 발음하는 순간,
무지개는 영원한 네 것이다
네가 삶의 이름들을 하나둘 취해갈 때
너의 설렘은 내 가슴으로 흐른다, 생애 첫 강물처럼
그래, 어린이는 어른의 아버지로다*

이제 먼 훗날의 너에게 이렇게 말하고 싶구나
드넓은 바다 그 어드메쯤
이름 모를 새 한 마리 남겨놓으라고,
설렘이 멈추면 무지개도 사라지는 것
늙은 지혜보다는 철없는 설렘이 더 소중하나니
드넓은 바다 그 어드메쯤
이름 모를 새 한 마리 남겨놓으라고

* 워즈워스의 시 「무지개」 중에서.

그 빈자리

미루나무 앙상한 가지 끝
방울새 한 마리 앉았다 날아갑니다
더도 말고 덜도 말고 바로 그 자리
방울새 한 마리 앉았다 날아갑니다
문득 방울새 앉았던 빈자리가
우주의 전부를 밝힐 듯
눈부시게 환합니다

실은, 지극한 떨림으로 누군가를 기다려온
미루나무 가지의 마음과
단 한 번 내려앉을 그 지극함의 자리를 찾아
전 생애의 숲을 날아온 방울새의 마음이
한데 포개져
저물지 않는 한낮을 이루었기 때문입니다

내 안에도 미세한 떨림을 가진
미루나무 가지 하나 있어
어느 흐린 날, 그대 홀연히 앉았다 날아갔습니다
그대 앉았던 빈자리
이제 기다림도 슬픔도 없습니다
다만 명상처럼 환하고 환할 뿐입니다
먼 훗날 내 몸 사라진 뒤에도
그 빈자리, 그대 앉았던 환한 기억으로
저 홀로 세상의 한낮을 이루겠지요

나무를 낳는 새

찌르레기 한 마리 날아와
나무에게 키스했을 때
나무는 새의 입속에
산수유 열매를 넣어주었습니다

달콤한 과육의 시절이 끝나고
어느 날 허공을 날던 새는
최후의 추락을 맞이하였습니다
바람이, 떨어진 새의 육신을 거두어가는 동안
그의 몸안에 남아 있던 산수유 씨앗들은
싹을 틔워 잎새 무성한 나무가 되었습니다

나무는 그렇듯
새가 낳은 자식이기도 한 것입니다

새떼가 날아갑니다
울창한 숲의 내세가 날아갑니다

찌르르, 울었습니다

가을 늦은 밤이었습니다
노상의 곰 인형 까만 눈동자가
하도 뭉클하길래
한번 꼬옥 안아보았습니다

그 곰 인형의 무심한 몸뚱아릴
껴안는 순간
아기의 보드라운 살을 안듯
내 가슴 괜히 찌르르 울었습니다

사랑하는 이여
아직은 나를 안으려 하지 말아요

내 사랑 얼마나 더 무심해져야
늦가을 밤처럼 깊고 깊은 그대 가슴,
찌르르 귀뚜라미 울겠습니까

매혹의 화살

그대의 눈빛, 어느 날 화살이 되어
내 몸을 관통했을 때
나 매혹의 아픔을 느꼈네
그후로 나는 자주 그대 앞에서 말을 잊었고
때론 섬광처럼 죽음을 생각했어
하지만 그건 잘된 일이야
내 마음의 아킬레스건에
입맞춤할 줄 아는 사람이 됐으니까

물론 그대는 내게 언제나 냉랭했네
그대가 준 얼음덩이 같은 냉랭함으로
나는 마을을 하나 세웠지
그 마을의 이름을 그리움이라 불러보네
어느 날 눈빛의 화살로 날아온 사람이여,
내 그리움의 마을에 살고 있는
당신은 불사신이라네
그래, 아킬레스의 발꿈치를 갖지 않았으니까*

* 엘리엇의 시 「귀부인의 초상」의 한 구절.

세 번의 키스

세 번의 키스를 기억한다
첫번째 키스는 도마뱀의 혀
두번째 키스는 도마뱀의 심장
세번째 키스는 도마뱀의 꼬리

그녀는 세번째 키스를 끝으로
잘려나간 내 도마뱀 꼬리를 놓아주었다

나의 아름다운 세탁소

내가 사는 동네 세탁소의 아가씨는
옷 수선을 아주 잘하죠
헐겁거나 꽉 조이는 바지들을
감쪽같은 맞춤복으로 고쳐놓지요
군더더기 없는 문장을 음미하듯
나는 그 옷을 입어요

솔벤트 내음 가득한 세탁소에 가면
그녀는 하얀 치아를 살짝 보이며 말하곤 하죠
세상을 떠돌다 돌아온 옷들에게
나는 많은 걸 배운답니다
그들에겐 새옷이 지닌 오만과 편견이 없지요
더러움의 끝에서 다시 순백의 빛을 보았으니까요

그녀의 세탁소에 갈 때면
그래요, 그녀의 세탁소에 갈 때면
난 그녀의 손길처럼 아름다운 문장을 꿈꾸어요
어둠의 끝에서 다시금 흰눈처럼 빛나는
옷들의 영혼을 꿈꾸어요

아브라카다브라

아브라카다브라*
그 사람을 사랑하게 해주오
그이의 마음은 알고 싶지 않나니
아브라카다브라
눈먼 자의 손을 갖게 해주오
내 두 눈을 바치리니
아브라카다브라
눈먼 자의 손에 깃든 감각과 심장을 내게 주오
그 사람의 따뜻한 뺨을 만지며
우주의 두근거림을 느끼리니
아브라카다브라
귀먼 자의 눈에 담긴 환한 빛을 내게 주오
그 사람의 붉은 입술에서 흘러나오는
더운 바람의 시를 읽으리니
아브라카다브라
그 사람을 사랑하게 해주오
그이의 마음은 알고 싶지 않나니

* Abracadabra. 마술사들이 사용하던 주문으로, '말한 대로 될 것이로다'라는 뜻.

포르투갈 여인이 보낸 사랑의 시

엘리자베스 브라우닝 여사는
척추를 다친 불구였다지
그리고 시인이었다지

—내 미소와 외모 혹은 다소곳이 말하는 모습이나 재치 때문에
날 사랑한다고 말하지 말아요
난 원할 뿐이에요, 그냥 그대로인 사랑을

그녀를 지극히 아꼈던 남편도 시인이었다지
이 세상에 대해 불구인
시인이었다지

때때로 그 포르투갈 여인의 시는
내 마음을 불편하게 하지
한 여자가 씌워주었던 매혹의 우산 속에서
미소나 외모 따위만을 쉼없이 찬양했기에
나의 시는 대부분 아름다운 눈동자에 바쳐졌기에

지금 내 지친 손을 잡아주는 사람이여,
포르투갈 여인이 보낸 사랑의 시는
종종 나를 깨닫게 하지
난 그대에 대해 완벽한 불구였다는 것을
사랑의 불구였다는 것을

열두 개의 달

나 홀로 저녁의 강가를 걸었네
그녀와 이 길을 건던 날들은
강물과 함께 흘러가고
나는 열두 개의 달을 생각했지
우리들 산책가의 태양이었던 그 달을

그녀와 내 두 눈에 담긴 네 개의 달
강물에 내려앉은 달과
한 마리 살랑대는 은어의 눈동자를 비추던 날
그리고 저 솔숲 부엉이의 두 눈과
근의 눈물에 고이던 노란 달빛

돌아올 수 없는 강물을 따라
흘러가버린 그녀, 긴 머리칼의 향기
우리들 산책가의 태양이었던
열두 개의 달도 사라졌지

그 옛날 바다를 끌어당기고 밀어내던
위대한 달의 힘도
나는 잊었네 아득히 잊었네

산토리니, 내 마음의 포도나무 묘지

오후 두시의 포도알들은
포도밭 주위의 온갖 生들을 끌어모아
자기를 익힌다

섬의 전부인 포도나무들은, 이를테면
지중해 레몬빛 바람과 작은 섬 언덕 위 하얀 집들의 정령,
노새 울음, 아코디언 소리,
그리스 여인 안개처럼 느린 웃음 따위들을 빨아들여
포도알 내부의 달콤함으로 뒤바꿔놓는 것이다

살아 있음이란, 어쩌면
그리움의 이름으로 세상을 끌어들여
오후의 적요 속에서 푸르게 자기를 익혀가는 일

수만 리 낯선 섬, 그 거대한 포도알의 내부를 걸으며
내 안으로 흘러들어온 무수한 삶의 풍경들에 대해 생각한다
가령, 스무 살 이태원 불빛 속에서 만났던
검은 가죽잠바의 불량소녀라든가
오사카 골목 세 평 남짓한 선술집,
'아키'라는 살짝 덧니가 귀여웠던 아가씨

처녀들아, 향료 바른 맨발로 포도알의 묘지를 밟아다오
포도밭의 끝없는 윤회,

나의 파열이 이미 몸 밖 세상의 취기이리니
내 마음 여전히 그 기억들의 유해를 빨아들이며
쓸쓸한 달콤함으로 자기를 익혀가고 있는 것이다

슬픔이여, 좋은 아침

—빌리 홀리데이에게

누군가를 사랑하는 사람의
영혼에게 휴식이란 없다
그는 늘 고통에게 아침 인사를 건네며
외출을 한다
벌새의 분주한 날개를 타고

상처받은 사람의 영혼은
언제나 몸 밖을 떠돈다
상처보다 깊은
어둠의 노래와 함께

하여 어느 날, 그대를 찾아온
죽음이라는 영원한 휴일도
그대 영혼을 만날 수는 없었으리

노래

오늘도 베짱이는 허기진 노래를 불러요
개미를 한입에 먹어치우고 싶다고

그래도 음악은 계속된다

—찰리 파커를 위한 시

타이타닉호가 침몰하는 그 순간까지도
선상의 연주를 멈추지 않았던
바이올린 주자들의 모습을 기억한다
최후의 연주자를 삼키고 이내 무심해진 바다

그러나 귀기울여보라, 음악은 계속된다
음악보다 오래된 침묵의 음악이

듣기만 하는 사람은 잘 들을 줄 모르지*

그 마지막 바이올린 주자는
이승을 떠난 후에도
차가운 바람의 활이 되어
저 바다의 수평선을 켜고 있다

타이타닉의 불빛처럼 찬란했던
찰리 파커의 색소폰
그가 사라지자, 잔잔한 바다처럼 색소폰도 멈추었다

재즈맨이여, 그래도 음악은 계속된다
그의 음악이 진정 사랑했던
침묵의 음악이

* 사이먼 앤 가펑클의 〈Sound of Silence〉 중에서.

나무의 목소리를 듣는다

—말들의 풍경

나무의 목소리를 듣는다
빗방울, 툭
나무의 어깨에 내려앉는 순간

숲의 노래를 듣는다
바람이 숲의 울대를 간지럽히며 지나는 순간
나뭇잎이 후두둑 소리를 낸다
나뭇잎이 소리를 내기 전까지
빗방울의 목소리가 어떤 것인지 나는 몰랐다
숲이 온몸으로 운다
숲의 육체가 없었다면 나는
바람의 울음소리를 듣지 못했으리

빗방울이 떨어진다
빗방울 하나
텅 빈 강당처럼 나를 울린다

세상에 저 혼자 소리를 내는 건 없다

내 눈물이 빗방울에게 말을 건넨다
비바람 불어와
나의 내부를 노래한다

나의 사랑은 나비처럼

1

한 미남 청년을 짝사랑하다
바다에 몸을 던진 옛 그리스의 시인 사포
애기세줄나비,
학명은 Neptis sappho
불빛 속으로 날아드는 그 나비의 모습이
그녀를 연상시켰던 걸까

나비처럼 가벼운 영혼만이
열정 속으로 투신할 수 있다고, 노래하진 않겠다
나비는 불꽃이 자기를 태울 거라
생각진 않았으리라
혹, 불빛은 애기세줄나비에게
환한 거울 같은 건 아니었을까

2

조롱 속의 짝 잃은 문조,
그 안에 작은 거울을 넣어주었더니
거울에 비친 자기를 제 짝인 양
생이 다하도록 행복해했다는 이야기

3

죽음을 걸었던, 너를 향한 내 구애의 말들
덧없음이여, 나는 나 이외에

아무도 사랑하지 않았다
내가 날아들었던 당신이라는 불꽃,
오랫동안 나는 알지 못했다
실은 그 눈부신 불꽃이
나를 비추는 거울이었음을

나의 사랑은 나비처럼 가벼웠다

내 육체의 피뢰침이 운다

그러다 어느 날, 갑자기 진짜가 찾아옵니다.
그때, 아주 잠깐, 다른 세상, 다른 나를 보는 겁니다.
나는 내 몸과 대기와 대지의 주인이 됩니다. 아주 잠깐.
—김영하의 「피뢰침」 중에서

비바람 몰아치고
들판의 느티나무, 뇌우 속에서
낮은 소리로 혼자 울고 있다
그 느티나무 아래 서 있는 나
비를 긋기 위해서가 아니다
나는 지금 벼락을 맞고 싶은 것이다
온 머리채를 흔들며
낙뢰를 부르는 느티나무
수십만 볼트의 전류가 언제
내 몸을 뚫고 갔는지 나는 모른다
시의 유배지여, 기억하는가
난 벼락이 가리키는 길을 따라 여기까지 왔다
찰나의 낙뢰 속에서
내 몸과 대기와 대지의 주인이 되는
나여, 그 섬광의 희열 밖에서
내가 무엇을 할 수 있단 말인가
비바람 불고, 느티나무 아래
내 육체의 피뢰침이 운다
내 전 생애가 운다,

벼락이여 오라
한순간 그대가 보여주는 섬광의 길을 따라
나 또 한번, 내 몸과 대기와 대지의 주인이 되련다

황제를 위하여

네로는 로마를 불태워 시를 썼다지
난 가을 산의 황제이므로
온 숲을 불태워 시를 썼다네

시월의 발라드

노란빛으로 제 몸을 밝히는 은행잎,
욕망을 버리기 직전의 몸들은
저리도 환하다
곧 추락의 시간은 다가오고
시월의 등불은 꺼지리라

그러나 떠오르는 달,
우주의 은행잎이여
너는 어떤 깨달음으로 자기를 환하게 밝히는가
욕망을 버리기 직전의 몸들과
욕망으로 가득찬 몸
떨어지는 은행잎과 떠오르는 달

지나온 날들을 오래 뒤돌아보는 사람아
내 혼은 경쾌했고 언제나
뜨거운 심장은 날개를 원했다
아직도 나는 깨달은 것보다
깨닫지 못한 것들을 더 사랑한다

그러므로 나는, 뒹구는 은행잎의 반대편으로
내 시를 바치련다
시월의 저녁도 어찌할 수 없는
저 둥근 달을 향하여

개미지옥

먹이를 물고 가던 개미 한 마리
모래 늪에 빠져 허우적거린다

허나 그의 필사적인 몸부림과
악착같이 물고 있는 먹이의 무게가
점점 그를 개미지옥에 가까워지게 하고 있다는 걸
개미는 모르고 있다

그대여, 난 내가 물고 있는 이 욕망을
이 사랑을 끝내 놓지 않으리라
개미지옥이 나를 완전히 삼킬 때까지

축제

죽는 날까지 우리는
축제를 찾아 나설 것이다
장미꽃 향기 흐르고
뜨거운 피가 육체를 휘도는 동안
세상의 노래방은 넘쳐나고
댄스 클럽은 흥청대겠지
축제란, 이 열정과 애욕의 시간이
우리를 끝내 놓지 못하도록
그 앞에서 목청을 다해 혼을 흔드는 것,
그래도 죽음의 손길은 어김없이 찾아와
우리의 묘비에 이렇게 쓰리라
몸 밖에서 축제를 구하던 자
여기 잠들다
파리떼 날아들고 구더기와 온갖 벌레들
한바탕 노래하고 춤추나니
진정 그대가 찾던 축제의 장이
그대 몸에 임했도다

모양성

모양성 아래 한 마을이 있었네
닭 울고 개 짖는 소리 닿는 곳까지만
내가 사는 나라였네
나는 채송화가 한마당 피어난 집에 살았네
주인집 할아버지는 맨손으로
내 콧물을 훔쳐주곤 하셨네
부모님은 아무것도 갖지 않았네
시이튼 동물기가 내 유일한 친구였네
장래의 내 각시 미숙이는
담장에 기대어 늘 채송화처럼 웃었네
밤이면 동산물 개울에선 고동들이 울고
어머니는 언덕 위의 하얀 집, 연속극을 들으며
내 사파이어표 연필들을 정성 들여 깎아주셨네
채송화 연필 향기 퍼지는 데까지만
내가 사는 나라였네
성 아래 그 나라를 난 오래전에 떠나왔네
이제 나는 그곳에 갈 수가 없네
가진 것이 많아진 까닭이라네
나는 너무나 뚱뚱해져서 그 성문을 들어갈 수가 없네

연애편지

공부는 중국식으로 발음하면
쿵푸입니다
단순히 지식을 배우는 게 아니라
이연걸이가 심신합일의 경지에서 무공에 정진하듯,
몸과 마음을 함께 연마한다는 뜻이겠지요
공부 시간에, 그것도 국어 시간에
나는 자주 졸았습니다
이를테면, 교과서의 시가
정작 시를 멀리하게 만들던 시절이었죠
물론 졸지 않을 때도 있었어요
옆 학교 여학생이 보낸 편지를 읽던 날이었습니다
연인이란 말을 생각하면
들킨 새처럼 가슴이 떨려요…
나는 그 편지의 행간 행간에 심신의 전부를 다 던져
그녀의 떨림에 감춰진 말들을 읽어내려 애썼지요
그나마 그 짧은 글 읽기도 선생에게 들켜
조각조각 찢기고 말았지만
그후로도 눈으로 쫓아가는 독서는
공부 시간의 쏟아지는 졸음처럼 많았지만,
내 지금 학교로부터 멀리 떠나온 눈으로
학교 담장 안의 삶들을 아련히 바라보니
선생의 시선 밖에서, 온몸과 마음을 다 던져
풋사랑의 편지를 읽던 그 순간이
내 인생의 유일한 쿵푸였어요

농담

그대 내 농담에 까르르 웃다
그만 차를 엎질렀군요
…미안해하지 말아요
지나온 내 인생은 거의 농담에 가까웠지만
여태껏 아무것도 엎지르지 못한 생이었지만
이 순간, 그대 재스민 향기 같은 웃음에
내 마음 온통 그대 쪽으로 엎질러졌으니까요
고백하건대 이건 진실이에요

나도 네 이름을 간절히 부른 적이 있다

간교한 여우도
피를 빠는 흡혈박쥐도
치명적인 독을 가진 뱀도
자기의 애틋함을 전하려 애쓰는
누군가가 있다

그들이 누군가에게 애틋함을 갖는 순간
간교함은 더욱 간교해지고
피는 더욱 진한 피냄새를 풍기며
독은 더욱 독한 독기를 품는다

나도 네 이름을 간절히 부른 적이 있다
돌이켜보면, 결국
내가 내게 깊이 취했던 시간이었다

새의 선물

어느 날, 붉은 부리를 가진 새가
나의 창가를 방문했다
그 새는 며칠을 창가에 드리워진 전깃줄에 앉아
내 방을 바라보고 있었다
손을 저어 쫓아도 날아가지 않았다
깊은 밤, 내 외로움이 그 작은 새의 깊은 눈과 마주쳤을 때
난 그에게 예쁜 새장을 하나 마련해주리라 생각했다
이 세상의 거친 바람 소리보다
완벽한 자기만의 방,
그 충만한 적요를 사랑하는 자의 마음을
나는 알고 있었다
새장 문을 활짝 열자 그는 기다렸다는 듯
사뿐히 날아와 새장 안으로 들어왔다
가끔 문을 열어두어도 그는 날아가지 않았다
며칠 후 나는 새 파는 집에 들러
그를 위해 꼬리가 앙증맞은 암놈 한 마리를 샀다
그러나 웬일일까 둘은 만난 그날부터
서로를 쪼아대며 쉼없이 다투는 것이었다
짝이 맘에 들지 않는 게 아닐까요
새집 주인은 새로운 새를 권했다
이번엔 모든 게 잘돼가는 것 같았다
둘은 서로를 고요하게 응시하며 사이좋게 먹이를 나누어 먹었다

그리고 평온한 나날들이 흘러갔다
어느 햇볕 좋은 날, 난 여느 때처럼 청소를 위해
새장 문을 열었다, 순간 그 붉은 부리의 새는
갑자기 조롱을 빠져나와 푸르르 창밖으로 날아가버렸다
새는 전깃줄에 앉아 깊은 눈으로 한동안 나를 바라보다
훌쩍 빌딩숲 저편으로 사라져갔다
그것이 내가 본 붉은 부리 새의 마지막 모습이었다
나는 남아 있는 암컷 새를 다시 새 파는 집에 돌려주었다
지금도 난 가끔 창가의 전깃줄에 앉아 있던
그의 첫 모습을 떠올린다, 나는 진정
새 파는 가게에 그의 사랑이 있다고 믿었던 걸까
날 바라보던 그 붉은 부리 새의 마지막 두 눈처럼
생은 때론 아무것도 설명하지 않는다

그 여자는 없다

시칠리아섬의 일몰
오렌지색으로 파열하는 노을과
사파이어처럼 빛나는 바다
나는 그 극치의 순간을 바라보며
그 여자를 생각했다, 그녀와 함께였다면
어디에도 이보다 아름다운 풍경은 드물 터이지만
그녀가 곁에 없었기에
풍경은 끝내 완성되지 못했다
내 곁엔 그녀 대신 월계수나무 한 그루 서 있었다
언제나 이런 식이었다
사파이어 빛깔로 저무는 바다 저편을 내다보니
이 눈멀 듯한 절경의 세상이 끝나는 곳에서,
길고 길었던 내 어리석은 시절도
스러져가리라, 싶었다

내 인생의 약장수

어릴 적, 변두리 공터나 청계천 육교에서
구충제, 만병통치약 등을 파는 약장수를 자주 보곤 했었지
그중에서도 지금까지 내 기억에 남아 있는
약장수가 하나 있지, 잠파노를 닮은
그 사내는 약을 팔기 전 각종 묘기를 선보인 뒤
문득 노란 분필을 꺼내 칠판 앞에 세웠어
잠시 후면 이 분필에서 오색 광선이 발사돼
칠판에 큼직한 호랑이를 한 마리 그릴 겁니다
순진한 나는 눈이 번쩍 뜨일 기적의 순간을 보기 위해
꼬박 한나절을 쪼그려앉아 있었지
구경꾼들은 약을 사 들고 하나둘 흩어져가고
기다림에 지친 나는 약장수에게 언제쯤 호랑이가 나타날까요?
물었지, 짐을 꾸리던 약장수는 심드렁하게
내일 또 와봐, 호랑이가 오려면 시간이 좀 걸리거덩
물론 그후로도 잠파노 아저씨의 약은 오래오래 팔려나갔을 거야
어느 날 노란 분필이 광선을 쏘아 호랑이를 그릴 때까지
그런데, 그 까마득한 시절의 기억이
지금도 선명하게 떠오르는 건 왜일까
글쎄 삶이란 것도, 세상의 변두리에 쭈그려앉은 내게
호랑이 그림을 얘기하며 약을 팔고 있기 때문이 아닐까
엉터리 구충제일지도 모르는 희망이라는 약을

나의 마음은*

높고 외딴 나뭇가지 끝에
매달려 있어,
과일 따는 이들 잊고 간
아니, 잊고 간 것은 아니련만
따기 불편해 남겨놓은,
딴다 한들 먹잘 것 없어 그대로 남겨둔
그리하여 지나는 새의 허기나 채워주며
홀로 시들어가는
검붉은 감처럼 나의 마음은

* 이 시는 사포의 작품을 변용한 것임.

잊혀진 연못

그녀를 유혹하기 위하여
나는 너무도 많은 밀어를 속삭였었지
그래 나의 속삭임들은 한 떼의 송사리가 되어
그녀의 연못을 헤엄쳐다녔어
오랜 세월이 흐른 뒤
우연히 그녀와 다시 마주쳤을 때
그녀는 두 아이의 엄마가 되어 있었고
그녀의 눈은 내게 텅 빈 연못을 보여주었지
하지만 난 내 입술이 풀어놓았던
송사리떼의 행방을 묻지 않았어
그 송사리들의 먹이는 그리움이었을 테니까

내가 쓴 것

노을이 드리우는 아파트 숲,
멀리서 아이들 재잘거리는 소리가 들린다
떠나간 친구들은 숲 밖에서 일하고
나는 쓴다
아이들은 아직 남아 있는 햇살의 은빛으로
나를 부른다
영준아, 이리 공을 던져—
나는 그 은빛에게 아무것도 던질 수가 없다
바람 속, 마른 나뭇잎 같은 눈으로
갈 수 없는 곳을 향해 잔잔히 나부끼는 나를 바라볼 뿐,
나는 글러브 두 개를 가졌던 아이
그것 땜에 친구들은 나를 야구시합에 붙여주곤 했다
나는 깍두기였다
아이들은 가고 나는 쓴다
김칫국물 적셔진 몇 장의 통신표와 잿빛 사춘기
역한 니코틴 냄새로 남아 있는 연애의 흔적들
어머니, 다음부턴 잘할게요
그리고 30대 후반의 어깨 굽은 사내가
황혼 속에서 멍하게 앉아 있다
내 휴화산을 터뜨려줄 사랑은 더이상
존재하지 않는다는 절망스러운 편안함,
아이들의 재잘거림이 썰물처럼 빠져나간
저녁의 텅 빈 놀이터
나는 쓴다

그 사랑에 대해 쓴다

아름다운 시를 보면
그걸 닮은 삶 하나 낳고 싶었다
노을을 바라보며
노을빛 열매를 낳는 능금나무처럼

한 여자의 미소가 나를 스쳤을 때
난 그녀를 닮은 사랑을 낳고 싶었다
점화된 성냥불빛 같았던 시절들, 뒤돌아보면
그 사랑을 손으로 빚고 싶다는 욕망이
얼마나 많은 열정의 몸짓들을 낳았던 걸까
그녀를 기다리던 교정의 꽃들과
꽃의 떨림과 떨림의 기차와
그 기차의 희망,
내가 앉았던 벤치의 햇살과
그 햇살의 짧은 키스
밤이면 그리움으로 날아가던
내 혀 속의 푸른 새
그리고 죽음조차도 놀랍지 않았던 나날들

그 사랑을 빚고 싶은 욕망이 나를 떠나자,
내 눈 속에 살던 그 모든 풍경들도 사라졌다
바람이 노을의 시간을 거두어가면
능금나무 열매의 환한 빛도 꺼지듯

철새는 날아가고

—카페 '70년대'에서

70년대로 오세요
바람의 노래를 들어보세요
철새는 날아가고
어제를 믿는 자들이
지구를 발밑에 두고 있어요
밥 딜런
사이먼 앤 가펑클
호세 펠리치아노……
이 순간 음악의 황금광 시대가 흘러가요
거센 바람이 그려낸 악보가 흘러가요
노래라는 눈부신 광휘와
노래라는 무진장한 유전,
노래라는 저항의 총알들
그 모든 것이, 떠나기 직전의 철새떼처럼
여기 붐비고 있어요
가령 저물면서 필사적으로 빛나는 것들이 있지요
당신의 어제는 어땠나요
눈앞에 펼쳐진 선율의 모래사막을 건너
지금 70년대로 오세요
우리가 탕진해버렸던 멜로디의 에너지가
여기 강물로 굽이치고 있어요
철새는 날아가고 우우
노래를 잃어버린 자들의 회한이
여기, 어두운 카타콤에 모여 있어요

한때 나는 술을 마셨으나

술 한잔의 시여,
밤하늘은 문득 낮아져 나는
별의 강물에 몸을 담근 채
바람이 낳은 늑대의 푸른 갈기와
온갖 열매들이 간직한 우주를 노래한다
가끔은 내가 보고 느낀 세상의 울타리 밖으로
나를 훌쩍 던져버리는, 이 따뜻한 취기
은하수에 사는 애인아
나이 먹는 일이 슬프지만은 않구나
술처럼 익어가는 내 눈동자는
아련히 감지한다, 진홍빛 술에 담긴
마법의 세상이 어디에서 왔는지를,
포도나무, 분주한 꿀벌들
지상의 언어들을 다 읽고 돌아온 바람과
그 바람들에 즐겁게 마음을 내주는 포도알들
햇살의 지혜로 이루어진 수액과
생명의 폭포인 수액의 움직임,
한때 나는 술을 마셨으나
이젠 술의 처음을 마신다
한잔의 술이 떠나온 그 모든 삶의 처음을,

따뜻한 취기가 데려다준 이 마법의 세상은
바로 그곳으로부터 왔다

시는 죽지 않는다

이미지를 사랑하는 사람들아
내 말하노니
지금은 침묵하는 시가
온갖 현란한 이미지들 밖에서 서성이는 시가
언젠가는 다시 카니발의 아침을 열리라
어느 시인의 말처럼
지금은 단단한 침묵인 복사씨와 살구씨가
한번은 사랑에 미쳐 날뛸 날이 오듯이

친구여, 시를 향한 세상의 말없음을
이미지들의 냉소를 두려워 말라
그대의 시를 찬미하던 사람들은
이 저녁의 선술집을 떠나갔다
지금은 다만 금빛의 말들, 그 한줌의 모래알들이
모조리 빠져나간 손바닥을 쓸쓸히 들여다볼 시간
그러나 친구여, 창밖을 보라
오늘도 저녁의 호랑나비는
뜨거운 심장의 저편에서 훨훨 날아와
그대의 시를 재촉한다
이제 시의 축제는 시의 내부에 있다
나비의 날갯짓을 닮은 영혼이 그대 손가락에 깃들인다
쓰라, 나비의 율동에 수없는 음표를 달아주라
그리하여 그대의 시들로 하여금 그대의 시를 찬미케 하라

사람이 아니라 시가 시를 사랑하고
시가 시의 외로움을 달래주고
시가 시에 취할 그날이 우리 앞에 오고 있다

친구여, 복사씨와 살구씨의 단단함처럼 사랑을 노래하라
그래도 나비의 날갯짓을 닮은 영혼은
이 저녁의 적막을 지나 그대 손가락에 깃들인다

내 마음의 동박새 둥지

아주 오래전부터 내 마음 깊은 곳엔
아름드리 소나무 한 그루 살고 있어
송진 향기 가득한 어느 날,
동박새 날아와 둥지를 틀었네
그 작은 새의 둥지가 내겐 단 하나의 국가였네

내가 섬기는 백성이란 오직 태양과 달,
그리고 눈뜨면 강물처럼 흐르는 은하수
가끔 바람이 불어와
마른 솔잎 몇 개 세금으로 걷어갈 뿐이었네
그 나라엔 게으름도 부지런함도
다스림도 복종도
권리도 의무도 없었네
달빛 닿는 곳이 국경이었네
문밖이 우주였네
따스한 알의 침묵만이 사랑의 전부였네

내가 사는 나라의 영혼은 너무도 가벼워
아무도 짓누르지 않았네
둥지의 새는 소멸해도 무덤의 무게를 남기지 않는다네
오랜 세월이 흐르는 동안, 바람은
둥지를 이루는 잔솔가지 하나둘
천천히 허공으로 걷어갈 것이네

어느 날인가 내 마음 깊은 곳에
동박새 날아와 둥지를 틀었네
그 작은 새의 둥지가 내겐 단 하나의 국가였네

침묵의 소리

개들은 처음 짖던 대로 짖고
새들은 처음 울던 대로 운다
우리는 처음 사랑의 말을 나누었으나
오늘은 굳은 입술로 침묵한다

인디언 보호구역

인간답게 살아야 한다
이것은 내가 사는 세상의 가장 중요한 가르침이었다
인간적, 이라는 말에 나는 가장 약했다
그로부터 벗어날 수 없었다
그러므로 이제 꿈이 하나 생겼다
바로 인간다운 꿈과 상상력을 버리는 것이다

저 눈보라 속의 참새

내가 인생에서 가장 소중하게 생각했던 건
지혜도 자존심도 거창한 그 무엇도 아닌, 그저
내가 나를 착하다, 라고 인정할 수 있는 거였다
저 눈보라 속을 날아가는 참새 한 마리
그 시린 발을 아파할 수 있는 마음이었다
물론 난 이런 식의 뻔한 참회나
도덕적인 결론이 나 있는 고백을 좋아하진 않는다
그러나 날아가는 참새여, 난 말하련다
내 눈보라 서정의 실체에 대하여
저 순백의 눈발에선 구운 참새 냄새가 난다
너무도 생생하게 구운 참새 냄새가 난다
나는 지금 참새의 시린 발을 아파하며, 어린 날
겨울 처마를 뒤져 그를 숱하게 잡아먹던 날들을
추억하고 있는 것이다
그랬다, 난 늘상 사소한 동정과 연민을 당의정 삼아
크나큰 죄악을 별 쓴맛 없이 삼키곤 했다
저 거센 눈보라 속 참새의 시린 발에 속죄하면서
실은 유리창 내부의 훈훈한 온기를 즐기면서
나를 줄곧 착하다, 라고 믿게 했던
마음의 악마,
그것을 다스리는 힘이 진정한 선이라는 사실을
나는 모르고 있었던 것이다

바람에게 경배하라

바람이 분다
땅 위에 선 자들아
오월 강가에 선
이 저녁의 그리움들아
바람에게 경배하라
장미는 향기를 타고
장미에게로 가고
나무는 씨앗을 타고 나무에게 간다
저 바람 속으로
은빛 실을 풀어놓는 거미들
거미는 그 허공의 비단길을 걸어서
그리운 거미에게로 간다

제비는 온다

사람이 살지 않는 빈집에
제비는 둥지를 짓지 않는다

긴 막대기로 제비집 부수기 시합을 하는
미운 일곱 살 아이들
재재거리며 뛰논다 해도
사람들의 웃음, 봄꽃처럼 살랑이는 그런 마을 처마에
제비는 검은 연미복을 입은 제비는
먼바다를 건너와 집을 짓는다
사람이 사람을 귀히 여기고
사람의 향기에 사람이 아름답게 취하는
그런 곳에 제비도 집을 짓고 싶은 것이다
따뜻하게 피어오르는 굴뚝 연기의 주인인
사람들과 더불어, 검은 연미복의 제비도
한바탕 삶의 잔치를 열고 싶은 것이다

그러나 보라, 지금 빈 마을 밖에서 들끓고 있는
저 인간들의 온갖 악취를
제비가 살지 않는 빈집은 알리라
폐허의 세상을 만든 건 오직 인간들의 발길이었다
새들은 떨어지고 물고기는 떠오른다
그 옛날 검은 연미복의 제비가 생각했던
삶의 잔치란 이런 것이 아니었다

이제 제비는 저 난바다를 건너서 오는 게 아니다
귀한 사람과
자꾸만 귀한 그 무엇들을 버려가는 사람들 사이,
그 멀고먼 마음의 거리를 날아서
제비는 온다

흐르는 강물처럼

그대와 나 오랫동안 늦은 밤의 목소리로
혼자 있음에 대해 이야기해왔네
홀로 걸어가는 길의 쓸쓸한 행복과
아무에게도 다가가지 않고 오직 자기 내부로의 산책으로
충분히 깊어지는 나무 그늘의 향기,
그대가 바라보던 저녁 강물처럼
추억과 사색이 한몸을 이루며 흘러가는 풍경들을
서로에게 들려주곤 했었네
그러나 이제 그만 그 이야기들은 기억의 저편으로
떠나보내야 할 시간이 온 것 같네
어느 날인가 그대가 한 사람과의 만남을
비로소 둘이 걷는 길의 잔잔한 떨림을
그 처음을 내게 말해주었을 때 나는 다른 기쁨을 가졌지
혼자서 흐르던 그대 마음의 강물이
또다른 한줄기의 강물을 만나
더욱 깊은 심연을 이루리라 생각했기에,
지금 그대 곁에 선 한 사람이 봄날처럼 아름다운 건
그대가 혼자 서 있는 나무의 깊이를 알기 때문이라네
그래, 나무는 나무를 바라보는 힘만으로
생명의 산소를 만들고 서로의 잎새를 키운다네
친구여, 그대가 혼자 걸었던 날의 흐르는 강물을
부디 잊지 말길 바라네
서로를 주장하지도 다투지도 않으면서, 마침내
수많은 낯선 만남들이 한몸으로 녹아드는 강물의 흐름

처럼

그대도 그대와 그대가 사랑하는 사랑의 마음이
하나로 스며드는 곳에서 삶의 심연을 얻을 거라 믿고
있네
그렇게 한 인생의 바다에 당도하리라
나는 믿고 있네

십입월의 눈

백조는 죽을 때
가장 아름답게 운다고
그녀는 말했다
그녀가 떠나가던 그 십일월의 눈빛을
난 기억하고 있다

텅 빈 들길을 따라
그녀의 얼굴은 아득히 사라져가고
하늘 가득 흩날리는 하얀 깃털들,
나는 십일월의 끝에서
백조의 울음을 듣는다

십일월의 스완 송,
첫눈이여

무화과나무에 기대어

무화과나무에 기대어,
꽃시절을 세상에 바치고
자기 내부로 꽃을 피웠던 사람들을
생각한다

무화과 꽃차례 속으로 들어가
나무에게 꽃가루를 전하고
끝내 출구를 찾지 못한 채
그 안에서 생을 마치는 벌들처럼,
한번 가면
다시는 돌아올 수 없는 길을 택한 사람들

무화과나무에 기대어,
별똥별의 길을 그려본다
그 별똥별의 편도를 따라 가버린 이들이
마침내 피워낸
보이지 않는 꽃들을

구름의 소네트

나 그대를 사랑했지
구름이 우리들 위에 머물던 한때

그대를 잃고 난 울었어
구름이 모습을 바꾸던 그 짧은 순간

나 그대를 잊었네
구름이 자신의 처음을 기억하지 못하듯

지금 비가 내리고
나는 고개를 들어
구름의 뒤늦은 노래를 듣네
내가 잃은 건 그대만이 아니야
그대 젖은 눈 속에 앉아
바라보았던 그 모든 것이
갠 날의 하늘처럼 사라졌어

지상의 누군가 또 사랑을 하지
그리고 눈물로 구름을 만들지

별을 바라보라

별을 바라보라
뜨겁게 자기를 불사르는 먼 곳의 별을,
그러나 저 별을 떠나온 빛은 이리도 차갑구나
별을 바라보라
지상의 연인들 눈 속으로
얼음꽃 같은 빛을 뿌리는
저 추억의 불덩어리를

나를 별처럼 불태운 적이 있었다
내 사랑이 나를
별보다 뜨겁게 타오르게 한 시절이 있었다
그후로 내 사랑의 불길로부터 도망쳐
나 세월보다 빠르게 여기까지 왔다
빛의 속도가 그녀를 데려가버린 지금,
그 옛날 나를 태우던 불덩어리만 별빛으로 반짝인다
지상의 연인들이여, 별을 바라보라
눈 시리도록 차갑게 빛나는
저 열애의 흔적을

날개를 위한 시

바람아 기억하는가
한때 나는 날개를 갖고 있었네
허공을 날며 사랑을 나누다
절정의 순간 몸이 터져 죽어버리는
수개미의 날개를

그러나 어느 날,
내 날갯짓의 에너지였던 사랑은
태양의 지평선을 따라 사라지고
난 지금 암흑의 대지에 갇혀
떠나간 사랑에 대해 쓰네

이젠 아무짝에도 쓸모없어진 날개를
조금씩 뜯어먹으며
생의 나머지를 견디네

나의 지중해, 나의 타이타닉

1

지중해의 바람은 달다
깊은 밤, 나는 텅 빈 갑판에 나와
시칠리아섬 감귤나무 숲을 데리고
망망대해를 건너온 바람을 영접한다
내 몸을 실은 타이타닉의 휘황한 불빛,
만발한 벚꽃 같다
나는 뱃머리에 서서 검은 바다를 향해 외친다
나여, 이 세계의 건달이여
달빛은 문득 수만 리 심해를 뚫어,
거울처럼 내가 떠나온 나라를 비춘다
그 비좁은 땅 위엔 끝내 고향을 뜨지 못할
30대 중반의 시실리안 사내가 웅크려 있다
거대한 타이타닉호처럼 흐르는
어찌할 수 없었던 욕망과 허송세월
춥다, 눈앞엔 시간이란 이름의 빙산이 떠 있다

2

어제 터키의 한 허름한 시장 골목을 지날 때
당신은 저 큰 배에서 왔나요, 라고 묻던
장돌뱅이 사내가 떠오른다
슬프게 껌뻑이던 그의 커다란 눈동자에서 나는
배처럼 떠가는 세운상가를 보았다
청춘의 한 시절, 세운상가 카바이드 불빛 아래 조우했던

친구의 얼굴, 그로부터 내 의식은 영영 멈추었다
어느덧 나의 청계천은 흐르고 흘러
포도줏빛 지중해와 몸을 섞고
지난날의 내 몸은 종로 뒷골목 후미진 원형극장으로 향한다
연민의 통로란 이런 것인가
내가 사랑했던 변두리 극장의 시실리안들
내가 들이마셨던 청계천의 지중해
내가 읽었던 사춘기의 종로2가, 최후의 폼페이
그 욕정의 볼케이노

3

갑판에서 누군가 아코디언을 켜고 있다
구름이 달을 가리고, 멜로디는 서글프다
만발한 이 불빛의 세상 끝엔 무엇이 있는가
이제 내 배는 빠르게 가라앉으리라
너무도 많은 걸 적재했으므로
나의 책들과 음악과 애인들,
수천 톤의 꿈과 카바이드 불빛 아래 멈추었던 내 이미지의 화석들
잘 가라, 내 청춘의 타이타닉이여
어리석은 나날들은 그 어리석음에 충실했기에
아름다웠도다, 내가 떠나온 땅에서
나는 아무것도 깨닫지 못했다, 다만

낯선 이국의 바다 위에서
저멀리 침몰하는 꿈의 적재물들을 보았을 뿐
잘 가라, 장미의 계절이여
아코디언 선율은 턱밑에 차오르고
나는 여기 지중해에 누워 야윈 늑대처럼 운다

새벽의 빛이 내 앞에 있다

—서시

새벽의 빛이 내 앞에 있다
희망아, 슬프구나
이 새벽의 여명 속에서
나는 다가올 일몰의 얼굴을 본다

새벽의 빛이 내 앞에 있다
절망아, 기쁘구나
죽음의 운명이 우리 몸에 임하지 않았다면
갓난아기의 울음소리에서
누가 그토록 찬란한 음악을 들을 수 있었겠는가

갓 태어난 아기의 울음처럼
겨울 숲을 통과한 여명이 내 앞에 있다
저물어가는 날의 고통이
새벽빛의 혼을 가장 환한 자리로 이끌듯
모든 살아 있는 이들의 영광은
죽음으로부터 왔다
그러므로 나여, 다시 새벽의 태양을 노래하라
어둠의 시간을 오래오래 걸었던
그 깊은 기억의 힘으로

문학동네포에지 054

나의 사랑은 나비처럼 가벼웠다

초판 인쇄 2022년 9월 23일
초판 발행 2022년 10월 3일

지은이—유하
책임편집—김동휘
편집—김민정 유성원 권현승
표지 디자인—이기준 최윤미
본문 디자인—최미영
마케팅—정민호 이숙재 김도윤 한민아 정진아 이민경 우상욱
정유선 김수인
브랜딩—함유지 함근아 김희숙 고보미 박민재 박진희 정승민
제작—강신은 김동욱 임현식
제작처—영신사

펴낸곳—(주)문학동네
펴낸이—김소영
출판등록—1993년 10월 22일 제2003-000045호
주소—10881 경기도 파주시 회동길 210
전자우편—editor@munhak.com
대표전화—031-955-8888 / 팩스—031-955-8855
문의전화—031-955-2696(마케팅), 031-955-8875(편집)
문학동네카페—http://cafe.naver.com/mhdn
인스타그램—@munhakdongne / 트위터—@munhakdongne
북클럽문학동네—http://bookclubmunhak.com

ISBN 978-89-546-8894-9 03810

www.munhak.com

문학동네